Assemblernächte

Thokol

Über den Autor und dieses Buch:

Thokol (1957-2024) war ein vielseitiger Künstler, der neben verschieden Musikinstrumenten ((E-)Gitarre, (E-)Bass, Klavier, Synthesizer, Querflöte u.v.m.) auch technisch versiert war. Er beherrschte das Programmieren und Elektrotechnik, erstellte einige computergesteuerte Bauteile und schrieb gelegentlich auch Kurzgeschichten. Auf seinen Wunsch sollte das Pseudonym »Thokol« anstelle seines bürgerlichen Namens bei der Veröffentlichung seiner Werke Verwendung finden.

Assemblernächte wurde ursprünglich als »Hörspielchen«, wie Thokol es nannte, produziert und war vor einigen Jahren eine Weile auf YouTube zu hören. Daher verblieben im Text die Einsatzstellen für Musik und Effekte vermerkt. Das Hörspiel wurde im Jahr 2008, 17 Jahre nach Erstellung des Manuskripts 1991, mit dem PCM-Sound einer Videokamera in einem Münchner Wohnzimmer aufgenommen.

Assemblernächte

Thokol

Programmieren für Gamer und Landkarten

1. Auflage, 2025

© 2025 Thokol

Verlag: BoD · Books on Demand GmbH,
In de Tarpen 42, 22848 Norderstedt,
bod@bod.de
Druck: Libri Plureos GmbH,
Friedensallee 273, 22763 Hamburg

ISBN: 978-3-8482-0537-0

Assemblernächte

Harry, mit der Fähigkeit, Katastrophen frühzeitig zu erkennen, hat es gleich gemerkt: Wir sind auf der falschen Landkarte.

Animierte Spiele gehören zu den anspruchsvollsten Aufgaben, die für einen Rechner denkbar sind. Sie verlangen einen »leistungsfähigen Prozessor mit schneller Grafik und einen großen Speicher«, um dem Spieler eine lebensnahe Umgebung bieten zu können.

Spiele müssen sofort reagieren, wenn der Spieler etwas tut. Figuren müssen über den Bildschirm fliegen, eilen.

Musik, Chor: »*Nur weg, weg da, weg da! Wir müssen fliegen, rennen, eilen, denn wir haben keine Zeit!*«

Spielstände müssen verwaltet, grafisch dargestellt und ständig auf den neuesten Stand gebracht werden.
   Grafische und akustische Effekte ersetzen dem Spieler, was noch zur wirklichen Welt fehlt: das Krachen und Bersten und den Schmerz.

Neue Szenarios müssen verzögerungsfrei aufgebaut werden und die Grafik muss sofort reagieren, wenn der Spieler etwas unternimmt, um sein Leben zu retten und neue Punkte zu erreichen.

(Dementsprechend lahm waren die Spiele, die auf früheren PCs und XTs[1] liefen).

Die wirklich zeitkritischen Teile von Spielen, zum Beispiel spezielle grafische Tricks, werden in Assembler programmiert, weil man nur so das Letzte an Leistung aus der Hardware quetschen kann.

(Harry ist aufgewachsen in der vermeintlichen gewaltfreien Zone und über das Leben draußen entsetzt. Er schert sich schon gar nicht mehr um das Gesetz der großen Oktave[2], sondern ist froh, wenn er seine paar Kröten beisammen hat, um für sein Leben bezahlen zu können).

Harry bezeichnet sich als »*Mies*anthrop«.

Er sagt, *Mies*-Anthropos wäre der legendäre schlechte Mensch, von dem die Sage seiner Heimat erzählt.

Atmo: *Eine Sekunde Krötenquaken*

Harry: »Warum soll es Kindern besser gehen als Erwachsenen?«

»Na, na. Alter Zynist. Und Du?«

»Ich programmiere jetzt in Assembler.«

»Hä?«

»Achso, Du verstehst nichts von Computern. Du siehst doch: Ich sitze am Computer, die Tastatur macht klack, klack. Genügt das? Oder willst Du es genauer wissen?«

Atmo: *Klack, klack... (spaced out)*

Dies ist die schnellste Nacht, die ich erleben kann: Schneller vorbei als alle anderen Nächte gehen Computernächte, und die schnellsten Computernächte sind meine Assemblernächte.

Die Maschine ist direkt in meinem Kopf, eine ganze Topologie ist hier aufgebaut wie ein Spielzeugland. Dort hinten ist die große Stadt mit ihrem Fluss und ihren Heizkraftwerken. Fern am Horizont zeichnet sich etwas ab – ein Silo?
Dahinter erkennt man die endlosen Weiten der Speichersteppe. Danach, das weiß man, kommt nur noch das Ende der Welt, (man muss aufpassen, dass man nicht runterfällt).

Denn diese Welt ist flach, total flach.

Bevor es die Busse gab, erzählt die alte Frau, musste hier von Hand gearbeitet werden.

Da erklärt sich leicht, wo eines Volkes Kraft blieb, das Solches verrichtete.

Die Busse kamen dann, als Harry noch ein kleiner Bub war.

> Dies ist der achtfache Pfad, der Weg zum Licht:
> Erst 1, dann 2, dann 3, dann 4, dann steht das
> Christkind vor der Tür: »Ui, ´n Laster!«

»Io l'ho vista! Io l'ho vista il torre pendente di Pisa!«

(Um den schiefen Turm zu sehen, muss man gar nicht von der Autobahn runter).

Dies hier ist ein Bus, ein bidirektionaler 8-Bit-Omnibus.

Aus dem Dualismus des Alles-Oder-Nichts wird dem Computer zwangsläufig sein Zahlensystem: an-aus-an. Organisiert in Grüppchen zu acht oder mehr Bits, kann er dann doch mehr, als nur bis eins zu zählen.

Was das ist? Keine Angst, die sind ganz klein und dumm. Einfach nur langes Hölzchen oder kurzes Hölzchen; Täter oder Opfer, eine blaue Fahne oder eine grüne Fahne.

(à la Hexeneinmaleins):

> Das erste Bit ist »EINS«. Es bezeichnet die Potenz, aus der alles andere entsteht.
> Das zweite Bit ist »ZWEI«. Der Zweifel, der die Dinge trennt.
> Das dritte Bit ist »VIER«. Vollendete Wiederfindung in der Wirklichkeit.

Und so weiter und so fort.

> HALT! HIER IST DAS ENDE DER ZERO-PAGE ERREICHT! WEITERSPRINGEN NUR MIT 16 BIT BREITE ERLAUBT!!
> SONST GIBT´S GESPIEGELTE ADRESSEN!

Wie überall, gilt auch hier das Gesetz der großen Oktave, aber wo die Natur Abweichungen toleriert, herrscht hier blinde Sturheit.

Schwankungen in der Umlaufbahn hätten einen Absturz des gesamten Systems zur Folge.

Maschine: »YOU made a mistake!«

»Eure computergesteuerten Atomuhren gehen genauer als die Sonne!«

»Ein Grund, echt stolz zu sein.«, stöhnt Harry. (Auf die Sonne)?

Routiniert und scheinbar mühelos bewegt er sich durch die Topologie des Gewesenen, des Seienden und des Werdenden.

Wenn er in der S-Bahn fährt, hält er auf dem Schoß einen winzigen PC, auf dem programmiert er pokergesichtig in Assembler, oder er schreibt an einer Geschichte über die nächtliche Programmierung von assemblergetriebenen Echtzeit-Horrorszenarien.

(*Mit Effekt*)

Diese Nacht ist für den Prozessor eine Nacht in normalem Lambda/4, für mich eine Nacht in P-Zeit. Für den Müpi[3] ganz normale Arbeit, für mich eine schnelle, heftige Nacht.

»Thomas, Dein Wasser kocht!« (*Brodel*)

»Ach ja, das Teewasser. Die Anderen belustigt bis resigniert, weil ich IMMER das Wasser vergesse, wenn ich an meinem Computer sitze. Inzwischen hat niemand mehr Lust, *Thomas, Dein Wasser kocht* zu schreien. Deshalb löst Axel jetzt einen nicht maskierbaren Interrupt aus, und ich bekomme, egal, wo ich gerade bin, eine Alertbox auf den Schirm, die sagt:

Tommy, Dein Wasser kocht.«

Maschine: (»Tommy, your water is boiling«): OK vs. Abbruch.

(Fern, wie von einem Reporter unter schwierigen Umständen vor Ort, etwas hastig):

»Ich existiere hier in Prozessorzeit, die mit 8,015 Megahertz getaktet ist. Für einen Rechner ist das nicht viel, wohl aber für einen Menschen, deshalb vergeht diese Nacht für mich wie im Fluge.

Eine Assemblernacht verlangt absolute Identifikation mit den Gedanken.«

Harry meint, wir hätten dieses Haus auf Sand gebaut. Das ist Silizium, aber dafür interessiert sich hier niemand.

(Vielleicht Du, Max?)

Musik: *(we) built this city – built this city (on rock'n roll) (Jefferson Starship?)*[4]

Ich muss mich erst an diese Sprache gewöhnen:
  Alles muss explizit befohlen werden und wird schrecklich genau genommen.
  Irgendwo in einer dieser drei Routinen wird der Inhalt des sechsten Datenregisters überschrieben, wodurch die Anspring-Adresse verlorengeht und ER natürlich hängen bleibt.

(Chor) Schulklasse, leiernd:

Der Herr, der schickt den Jockel aus[5]*, der soll
den Hafer holen.
Der Jockel holt den Hafer nicht und kommt auch
nicht nach Haus.
Da schickt der Herr den Esel aus, der soll den
Jockel holen.
Der Esel holt den Jockel nicht, der Jockel holt den
Hafer nicht... und kommt auch nicht nach Haus.*

(Fade out)

Ich setze also einen Breakpoint hinter die erste Routine und lasse sie los sausen... okay. Keine Overflows, keine Traps, keine Exceptions. Tja, was nun?

Leichter, als mich mit den Strukturen einer Hochsprache rumzuplagen, fiel es mir, mich mit den Strukturen der Maschine direkt zu beschäftigen. Ich wollte wissen: Wie funktioniert so´n Ding!

»Deshalb programmiere ich jetzt in Assembler.«

Spiele sind Echtzeitanwendungen, da geht´s um jede Mikrosekunde, um jeden Taktzyklus, vor allem bei der Grafik.

Im Speicher wird ein Abbild des Spielszenarios aufgebaut.

In ihm bewegt sich der Spieler und verändert die Zustände.

Kuck mich an: Was siehst Du? Einen, der am Computer sitzt: Klack, klack macht die Tastatur. Genügt Dir das? Ausgebaut aus seinem Gehäuse, liegt vor mir mein nackter, bloßer PIIEEP (Atari).

Die Speicherbänke, die Schnittstellenbausteine, die CPU: In Assembler bestimme ich unmittelbar, was dort geschieht.

Ich programmiere einen TST.W-Befehl, schicke ihn ab und ich denke: Hier hebt sich jetzt das Bein, und jetzt holt er sich das Datum in den Speicher.

ER sitzt nur an seinem Rechner, aber in seinen übernächtigen Augen glüht der Wahnsinn.

So direkt verständlich dieser Code erscheint, so unübersichtlich ist er am längeren Stück.

Das Schärfste ist der Debugger. Das ist wie Vivisektion für einen besessenen Mediziner. Er zeigt mir, was in den Registern und Speicherzellen steht, die vor mir auf meinem Schreibtisch liegen.
Er geht das Programm Schritt für Schritt durch und ich kann verfolgen, warum es nicht funktioniert: In der dritten Routine muss es statt »move.b« heißen: »move.w«, weil sonst das Byte aus dem Register hinausgeschoben wird.

Effekt: *Hohl, wie im Deutschen Museum bei der Führung im U-Boot oder im Kohlebergwerk, ehrfürchtig und etwas pathetisch:*

»Wir befinden uns nun an der Quelle der Zeit. Hier tickt das Herz der Maschine, der Quarz. Hier teilen die Halbleiter die Ströme.

Hier steht das Haus, das auf Fels gebaut ist.«

(Hier wird geteilt, was zusammengehörte).

Wo hat er nur das Wort hingetan, das er sich merken sollte?

Irgendwo war ein Vektor verborgen, der zeigte auf das Wort an der Wand.

Auf dieser Straße sollst Du wandeln.

»Da!« Harry hat etwas entdeckt: »Das kenn ich!«, schreit Axel auf. »Die hab ich schon mal gesehen! Das sind binär codierte Reihen von Integralen!«

»Wahnsinn!«, sagt Harry. »Ausprobieren!«

Er fängt an zu rechnen: »Die ersten acht Bits sind diese hier. Dann ist dies hier entweder das MSB oder das LSB, je nachdem, ob sie INTEL- oder MOTOROLA-Hexcodes verwendet haben.«

Irritiertes Gelächter.

»Ich glaube kaum, dass die Ureinwohner dieses Archipels Intel-Hexcodes kannten, aber weiter:«

Er rechnet eine Reihe aus, in verschiedenen Varianten – und siehe da: Er findet eine, die passt – passen könnte, ... könnte aber auch immer noch Zufall sein.

14

Er überprüft weitere Reihen... und dann... fassungslos flüstert er:

»Es stimmt: dies sind die ersten dreizehn Reihen der euklidischen Intervalle[6], auf drei Stellen genau, umgerechnet in binär codiertes Dezimalsystem, purer BCD-Code sozusagen. Woher kannten sie die schrecklichen Intervalle, Äonen vor Euklid?«

Harry: »Wie, wenn sie überhaupt nichts sagen wollten? Sie haben einfach das Gesetz der großen Oktave und der euklidischen Intervalle rausgefunden, wohl auf ziemlich scheußliche, atavistische Art und sie haben es hier codiert und graviert.

Vielleicht gab es eine Priesterkaste, die eifersüchtig ihr Geheimnis bewachte, auch wenn es keinerlei praktische Anwendungen zuließ.
Vielleicht haben sie gesagt: Wer weiß, wozu das nochmal gut sein kann.
Vielleicht war einfach die Zeit noch nicht reif.«

Und heute, heute baut man damit Betriebssysteme und Compiler.

Assembler ist schön und gut, wenn es um kleine zeitkritische Sachen geht, aber versuch mal, Fenster und Menüsysteme in Assembler zu programmieren: So etwas macht man in einer Hochsprache; die schnellen, kurzen Assemblerroutinen werden dann dazu gelinkt.

'ne ziemlich kompakte Art von Code, den ich hier erzeuge: ganz, wie es sich für einen guten Compiler gehört.

Im Zeitalter des Geistes werden die Geschäfte mit Informationen gemacht, die früher mit Öl, Kohle oder Stahl gemacht wurden, denn die materiellen Werte werden durch ideelle ersetzt.

Also geht es wieder mal um Macht.

RICHTIG! DU BEGINNST ZU VERSTEHEN!

Wir, die wir die verheerende Wirkung der legendären Geheimwaffe erlebt haben, können nachvollziehen, welche Qualen Harry all die Jahre gelitten haben muss.

Harry ist auf ein neues Level gekommen, ohne recht zu wissen, wie. Das vorige Level war noch gar nicht gelöst.

Das neue Level hat merkwürdigerweise nichts mit dem Inhalt seines Spiels zu tun, sondern hier ist Krieg.

Er begann nicht im August, und er begann nicht vor zehn Jahren. Er ist fünftausend Jahre alt.

Hilflos und entsetzt erlebt Harry die Eskalation mit.

The world could wait No longer[7]
(President Bush am 15.01. 1991)

Harry sieht das natürlich ganz anders:

»Wer macht denn Krieg?«, sagt er. »Na? Doch nicht die Menschen! Staaten führen Krieg. Menschen werden nur ermordet.«

Harry weiß, er wird hier nicht lange bestehen können.

Maschine: »Game Over«

»Die Phantasie des Menschen ist die größte Antriebskraft auf diesem Planeten. Daher die große Ähnlichkeit mancher Gegenden der sogenannten Realität mit einem Albtraum.«, sagt Harry.

Am Anfang war Information.

Die trennt, das Ja-Wort vom Nein-Wort.

Den Rock´n vom Roll.

Roboter sind die Soldaten der Zukunft, wenn sie erst mal »intelligent« genug sind.

Lass sie sich gegenseitig abschießen und wir schau´n zu.

Der Steuerrechner der Rakete baut in seinem Speicher ein Bild von der Umgebung der Rakete zusammen, indem er sie dann zum Ziel navigiert.

Das sind äußerst anspruchsvolle Anwendungen, die sehr leistungsfähige Hardware erfordert.
Prozessoren, die kein Spielefreak jemals bezahlen könnte.

Harry ist da skeptisch. Er hasst Ballerspiele und er hält wenig von sogenannten Täter/Opfer-Theorien.

Oha, jetzt ist das ganz Wasser verkocht, ich muss neues aufsetzen.

Harry: »A Computa kennt koan Scherz.«

Manchmal, urplötzlich, denkt er an seine Heimat, die Hänge und Quellen des fernen Bora-Bora.

»Ihr habt hier die falsche Landkarte.«, sagt er.

Eglharting, 1991

Glossar

Assembler	Im Gegensatz zu »Hochsprachen« (s.u.) werden hier die Befehle des Prozessors verwendet. Dies ermöglicht maximale Kontrolle, macht aber die Programmierung mühsam und tendenziell unübersichtlich.
Bit	Kleinste Informationseinheit, kennt nur zwei Zustände: an oder aus (entspricht 1 oder 0).
Compiler	Programm, das einen »Quelltext« (s.u.) in ein ausführbares Computerprogramm umwandelt.
Hochsprache	Künstliche Programmiersprache, in der Befehle, wie z.B. »print« verwendet werden, die vom Compiler dann aus einzelnen Maschinenbefehlen zusammengesetzt werden. Hochsprachen sind z.B. Pascal, Basic, C, COBOL, FORTRAN.
Quelltext	Text, bestehend aus Befehlen einer Programmiersprache, der von einem Compiler oder Assembler in ein Programm umgewandelt werden kann.

Anmerkungen:

[1] Die IBM PC XT (Personal Computer Extended Technology), die in den 1980er Jahren populär war. Die IBM PC XT war eine der ersten PCs, die mit einer Festplatte ausgestattet waren und erweiterte Hardware-Optionen boten - im Vergleich zu ihren Vorgängermodellen.

Der Text deutet darauf hin, dass die Spiele, die auf diesen älteren Computern liefen, im Vergleich zu moderneren Systemen als »lahm« oder leistungsschwach empfunden wurden. Dies liegt daran, dass die Hardware dieser frühen PCs im Vergleich zu heutigen Standards sehr begrenzte Rechenleistung, Grafikfähigkeiten und Speicher hatte. Sie spielten jedoch in der Zeit ihrer Einführung eine wichtige Rolle in der Entwicklung von Personal Computern.

[2] Thokol war auch Musiker und bediente sich gelegentlich verschiedenen Analogien aus der Musiktheorie. Das »Gesetz der großen Oktave« ist ein Konzept aus der Musiktheorie, das sich auf die Struktur und Organisation von Tönen in einer Oktave bezieht. Es besagt, dass es in einer Oktave eine bestimmte Anzahl von Tönen gibt, die sich in einem bestimmten Verhältnis zueinander befinden. In der Musik lernen Musiker oft durch Wiederholung und Variation von Stücken. Im Leben lernen wir ebenfalls durch Erfahrungen und Reflexion über vergangene Ereignisse. Manchmal müssen wir bestimmte Lektionen mehrmals lernen (wie das Spielen eines schwierigen Stücks), bevor wir sie wirklich meistern.

20

[3] Mit »Müpi« ist vermutlich der Mikroprozessor oder Mikrocontroller gemeint.

[4] An dieser Stelle sollte in das Hörspiel der Song »We Built This City« von der Band *Starship*, früher *Jefferson Starship*, gemischt werden.

[5] Ursprünglich: »Der Bauer schickt den Jockel aus«, Verfasser der Ballade unbekannt. Es wird literarisch der Gattung der Zählgeschichten zugeordnet. Es wurde später jedoch in Reimen und Kinderliedern, z.B. von Julian Jusim und Theodor Fontane veröffentlicht. Erste Druckbelege gehen bis in das Jahr 1609 zurück.

[6] Euklidische Intervalle sind ein Konzept aus der Musiktheorie, das sich auf die Beziehung zwischen Tönen und deren Frequenzen bezieht. Der Begriff ist nach dem antiken griechischen Mathematiker Euklid benannt, der für seine Arbeiten zur Geometrie und zur Mathematik bekannt ist.

[7] Einen Tag später, am 16.01. 1991, begannen die USA, legitimiert durch den U.N.-Sicherheitsrat unter George Bush senior, den Irak zu bombardieren, wobei Geschosse mit angereichertem Uran zum Einsatz kamen.

Mehr über Assembler

Niedrigstufige Sprache:

Assembler ist eine der niedrigsten Programmiersprachen, die direkt mit der Hardware eines Computers kommuniziert. Es ist spezifisch für eine bestimmte Prozessorarchitektur (z.B. x86, ARM).

Maschinennahe Programmierung:

In Assembler werden Befehle in einer Form geschrieben, die für Menschen lesbar ist, aber sehr nah an den binären Maschinenbefehlen liegt. Jeder Befehl entspricht in der Regel einem Maschinenbefehl.

Symbolische Adressierung:

Anstatt sich auf numerische Adressen zu stützen, verwendet Assembler symbolische Namen für Variablen und Speicheradressen, was das Programmieren erleichtert.

Effizienz:

Programme, die in Assembler geschrieben sind, können sehr effizient sein und eine hohe Leistung bieten, da sie direkt auf die Hardware zugreifen.

Komplexität:

Das Programmieren in Assembler kann komplex und fehleranfällig sein, da es viel detaillierter ist als Hochsprachen wie Python oder Java. Entwickler müssen sich um viele Details kümmern, die in höheren Sprachen abstrahiert sind.

Verwendung:

Assembler wird häufig in Systemprogrammierung, eingebetteten Systemen und bei der Entwicklung von Treibern verwendet, wo direkte Hardwarekontrolle erforderlich ist.

Assembler ist also eine mächtige Sprache für spezielle Anwendungen, aber aufgrund ihrer Komplexität und des hohen Aufwands für die Entwicklung nicht so weit verbreitet wie Hochsprachen.